Dora la exploradora en . . .

La aventura del Día Mundial de la Escuela

Basado en la serie de televisión *Dora la exploradora*™ que se presenta en NickJr.™

SIMON & SCHUSTER LIBROS PARA NIÑOS
Publicado bajo el sello editorial de la División Infantil de Simon & Schuster
1230 Avenue of the Americas, Nueva York, NY 10020
Primera edición en lengua española, 2010
© 2010 por Viacom International Inc. Traducción © 2010 por Viacom International Inc.
Todos los derechos reservados.
NICKELODEON, NICK JR., Dora la exploradora y todos los títulos relacionados,
logotipos y personajes son marcas de Viacom International Inc.
Todos los derechos reservados, incluido el derecho a la reproducción
total o parcial en cualquier formato.
SIMON & SCHUSTER LIBROS PARA NIÑOS y el colofón son marcas registradas de Simon & Schuster, Inc.
Publicado originalmente en inglés en 2010 con el título *World School Day Adventure* por Simon Spotlight,
bajo el sello editorial de la División Infantil de Simon & Schuster.
Para obtener información respecto a descuentos especiales en ventas al por mayor, diríjase a
Simon & Schuster Special Sales al 1-866-506-1949 o a la siguiente dirección electrónica:
business@simonandschuster.com.
Fabricado en los Estados Unidos 0910 LAK
2 4 6 8 10 9 7 5 3 1
ISBN 978-1-4424-2209-4 (HC)
ISBN 978-1-4424-2210-0 (PBK)

Un agradecimiento especial a (en orden alfabético)
Paula Allen • Jon Anderson • Leigh Anne Brodsky • Brian Bromberg • Jose Carbonell • Giuseppe Castellano • Siobhan Ciminera
Doug Cohn • Rosemary Contreras • Roger Estrada • Cathy Galeota • Valerie Garfield • Chris Gifford • Russell Hicks
Ceci Kurzman • Jaime Levine • Mercedes McDonald • Rhonda Medina • Raina Moore • Kellee Riley • James Salerno
Patricia Short • Russell Spina • Kuni Tomita • Valerie Walsh Valdes • Teri Weiss • Cyma Zarghami

Dora la exploradora en . . .

La aventura del Día Mundial de la Escuela

escrito por Shakira

ilustrado por
Kuni Tomita & Kellee Riley

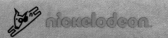
nickelodeon

Simon & Schuster Libros para niños/Nickelodeon
Nueva York   Londres   Toronto   Sydney

Era el Día Mundial de la Escuela, y Dora y Boots estaban súper emocionados. Hoy serían parte de una gran celebración con niños de escuelas de todo el mundo.

—Los niños de todo el mundo nos conectaremos en línea usando laptops— le explicó Dora a Boots. —¡Será una gran *party*! *Come on!*— Y diciendo eso, corrieron hacia la escuela.

Dentro de la Escuela Rainforest, todos estaban ocupados preparándose para el gran día. Había globos, pancartas y una invitada muy especial: ¡Shakira!

—Me encanta el Día Mundial de la Escuela— dijo Shakira. —¡Es el día en que los alumnos de todo el mundo se aseguran de tener todo lo necesario para un gran año escolar! Veremos escuelas nuevas, conoceremos nuevos amigos, y con estas nuevas laptops, los niños podrán iniciar sesión en la *party* del Día Mundial de la Escuela, ¡y juntos cantaremos una canción muy especial!

Y entonces, el teléfono celular de Shakira sonó. Habló en voz baja, pero mientras su rostro cambiaba de feliz a preocupada, Dora y Boots supieron que algo andaba mal. —La escuela en Etiopía no tiene laptops— les dijo Shakira mientras colgaba. —Si los alumnos no tienen laptops, no podrán unirse a la *party* del Día Mundial de la Escuela.

Dora supo que algo debía hacerse, y rápido. —¡Podemos ayudar!— dijo. —Tal vez podamos encontrar la forma de compartir algunas de nuestras laptops con la escuela de Etiopía.

—*Thank you*, Dora— dijo Shakira.

—*Teacher* Beatriz— dijo Dora,
dirigiéndose rápidamente a su maestra.
—La escuela de Etiopía no tiene laptops.
¿Podemos compartir algunas de las
nuestras con ellos?

—Claro— respondió *Teacher* Beatriz.
—¡Compartir es una gran idea!

—*Thank you*— dijo Dora. —¡Vamos!

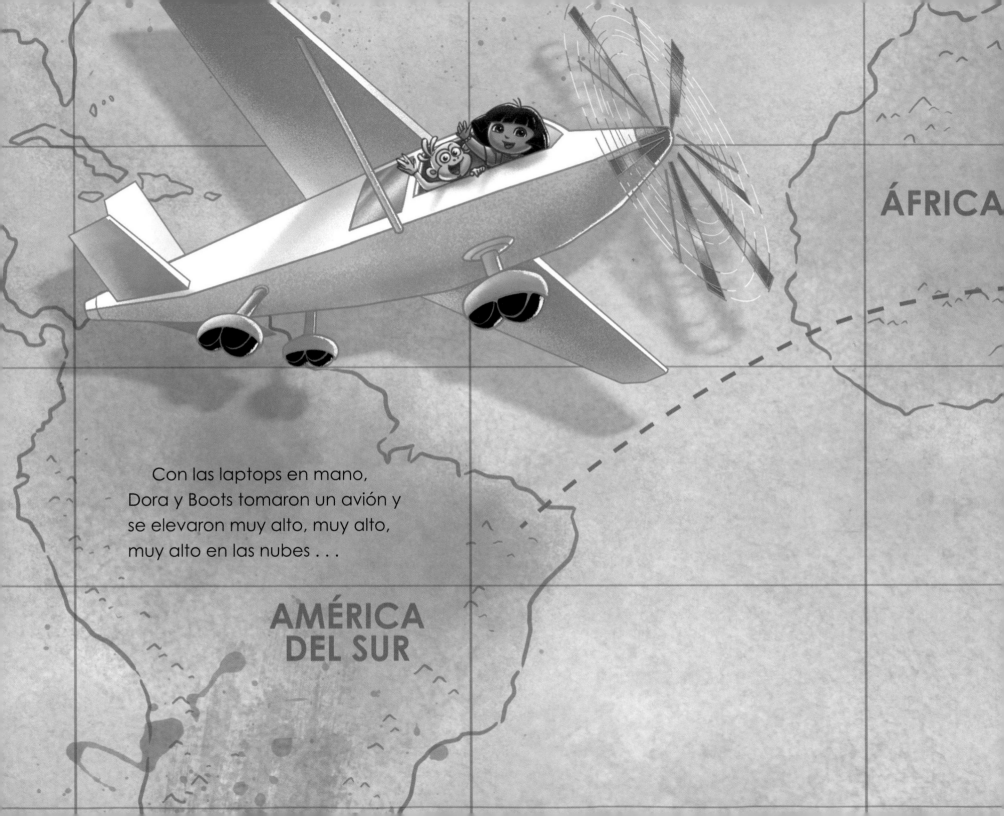

ÁFRICA

Con las laptops en mano,
Dora y Boots tomaron un avión y
se elevaron muy alto, muy alto,
muy alto en las nubes . . .

AMÉRICA
DEL SUR

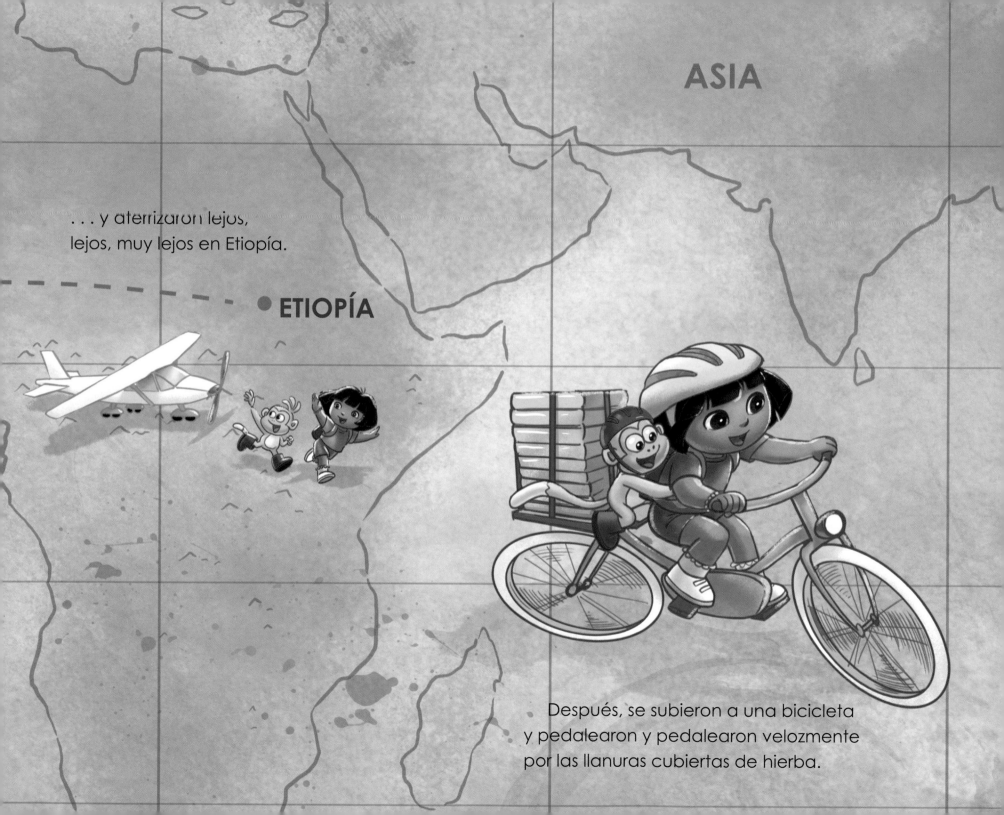

ASIA

. . . y aterrizaron lejos,
lejos, muy lejos en Etiopía.

● ETIOPÍA

Después, se subieron a una bicicleta
y pedalearon y pedalearon velozmente
por las llanuras cubiertas de hierba.

Dora y Boots miraron a la izquierda, a la derecha y alrededor, pero no vieron ninguna escuela. A lo lejos, escucharon susurros y risitas felices.

—Creo que alguien está leyendo un cuento— dijo Boots.

—Y viene debajo de ese árbol— admitió Dora.

Mientras se acercaban, Dora y Boots vieron un gran y hermoso árbol que se encontraba en medio de una escuela.

Una niña los saludó. —Soy Makeda— dijo. —¡Bienvenidos a la Escuela Bajo el Árbol!

—Vaya. ¡Una escuela bajo un árbol!— Boots dio una voltereta hacia atrás. —¡Es maravilloso!

—Los niños y los maestros se han estado reuniendo bajo este árbol para las clase aún antes de que la escuela se construyera— explicó Makeda. —¿Son laptops?

—¡Sí!— exclamó Dora. —Los alumnos de la Escuela Rainforest quisieron compartirlas con su escuela. ¡Ahora todos podemos unirnos a la *party* del Día Mundial de la Escuela!

—¡Hurra!— dijeron los alumnos.

Dora instaló su laptop y les mostraba a los niños el lugar donde ella y Boots iban a la escuela cuando la laptop comenzó a pitar. Era Shakira.

—La escuela en la India está lista para la *party*, pero les falta material. Los alumnos necesitan doce paquetes escolares con crayones, lápices, cuadernos y pegamento— dijo Shakira. —Sin esos paquetes, no estarán listos para el año escolar. ¿Pueden ayudar?

—Yes, we can!— dijo Dora, aunque no estaba segura de dónde conseguiría los paquetes. Makeda susurró algo al oído de su maestro. En cuanto el maestro dijo "sí" con la cabeza, Makeda sonrió. —¡Sí! ¡Podemos compartir nuestros paquetes escolares con los niños de la India!

—Thank you, Makeda— dijo Dora. —Vamos, Boots. ¡Vámonos!

Con los paquetes escolares en mano, Dora y Boots abordaron un tren que traqueteó, traqueteó y traqueteó por las vías . . .

ÁFRICA

● ETIOPÍA

ASIA

Después, subieron a un ciclomotor y condujeron y condujeron a máxima velocidad por la ciudad.

. . . hasta que llegaron lejos, lejos, muy lejos en la India.

●INDIA

Dora y Boots buscaron por todos lados. No vieron la escuela, pero oyeron un ruidoso ¡Pip! ¡Pip!

—¡Suena como un autobús!— dijo Boots.

Entonces, un enorme autobús rugió en la calle y un grupo de niños comenzó a correr hacia él.

—¡Creo que encontramos la escuela!— dijo Dora.

Una mujer abrió las puertas del autobús y los saludó. —Bienvenidos a la Escuela Sobre Ruedas. ¡Soy la maestra Ravina!

—Nunca había estado en un autobús así— dijo Boots, mientras subía. —¡Esta es una escuela genial!

—La escuela es un autobús para que pueda ir de pueblo en pueblo. ¡Así más niños pueden ir a la escuela!— dijo la maestra Ravina.

Era hora de un refrigerio y la maestra les ofreció a Dora y a Boots un delicioso pan de coco.

—Delicious!— dijo Dora. —Y también tenemos algo para ustedes: ¡paquetes escolares!

La maestra Ravina estaba muy feliz de tener los paquetes. Ahora, la Escuela Sobre Ruedas estaba lista para el año escolar.

Dora instaló su laptop y les mostró a los niños de dónde venían los paquetes escolares. —Los alumnos de la Escuela Bajo el Árbol de Etiopía quisieron compartirlos con ustedes— les dijo.

De repente, la computadora de Dora pitó. ¡Era Shakira!

—Dora, ahora una escuela en Camboya necesita nuestra ayuda. Necesitan doce libros de matemáticas— explicó Shakira.

—Los niños no pueden ir a la escuela sin libros de matemáticas— dijo la maestra Ravina. —¡Tenemos algunos extra y estamos felices de compartir!

—*Fantastic!*— dijo Dora. —¡Vámonos!

Con los libros de matemáticas en mano, Dora y Boots subieron a un elefante que corrió, corrió y corrió por la selva . . .

INDIA

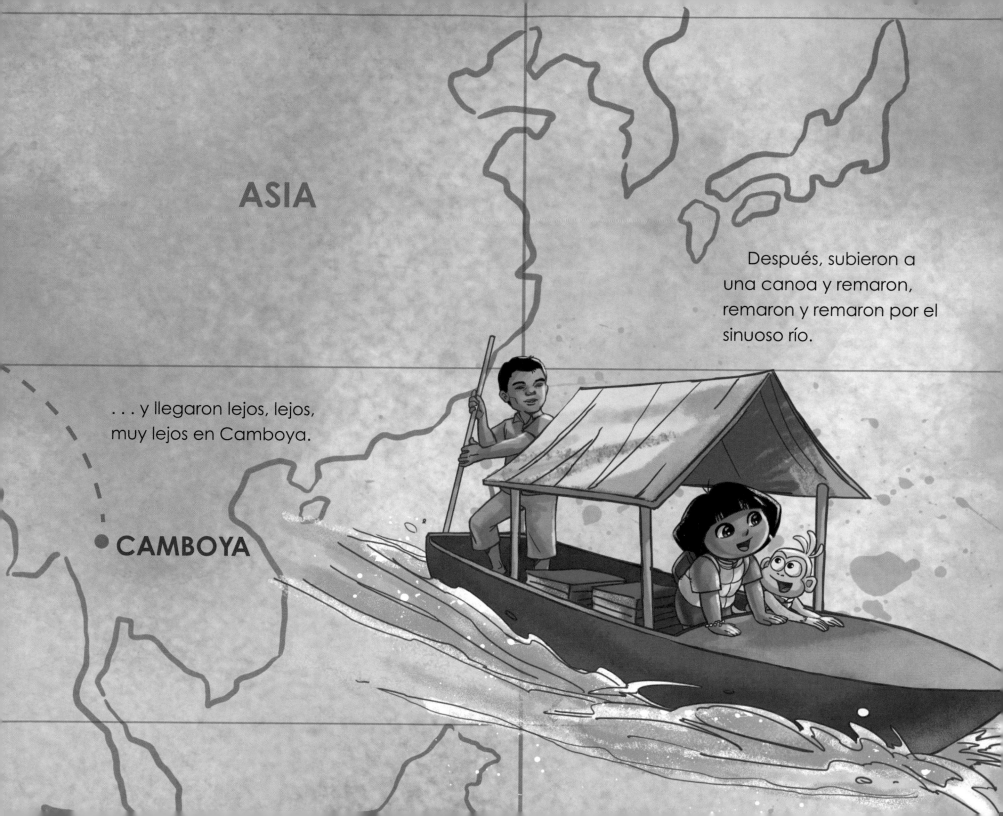

ASIA

Después, subieron a
una canoa y remaron,
remaron y remaron por el
sinuoso río.

. . . y llegaron lejos, lejos,
muy lejos en Camboya.

CAMBOYA

Mientras flotaban por el río, Dora y Boots
miraron alrededor. ¡No podían ver la escuela
por ningún lado! Pero podían escuchar el
murmullo de un suave canto a lo lejos.

—¿Ese canto podrá venir de la escuela?— se preguntó Dora en voz alta.
El canto fue subiendo de volumen mientras Dora y Boots observaban una escuela ¡flotando en el agua! Desde la cubierta y las ventanas, los niños cantaban y los saludaban.

Con una sonrisa amistosa, un niño dijo: —Bienvenidos a la Escuela Flotante. Soy Sovann.

—Nunca había oído de una escuela que flotara— dijo Boots, saltando por todos lados con emoción.

—Nuestra escuela flota para que podamos movernos con las olas si las aguas se agitan mucho— explicó Sovann.

—Vaya, eso es muy inteligente— dijo Dora.

—Aquí están los libros que los alumnos de la Escuela Sobre Ruedas en la India quisieron compartir con su escuela— dijo Dora.

Instaló su laptop y les mostró a los niños de dónde provenían los libros. Todos los niños estaban emocionados. Ahora estarían listos para el año escolar.

Antes de regresar a casa en la selva tropical, Dora revisó con Shakira.

—Todo está casi listo— le dijo Shakira. —Excepto que no tenemos suficiente material de arte para todos los niños de la Escuela Rainforest.

—Oh, no— dijo Boots. —¡Esa es nuestra escuela!

—¡Podemos ayudar!— dijo Sovann. —Tenemos material extra de arte. Pero está allá arriba, en el estante más alto.

—Soy muy bueno trepando— dijo Boots.

—¡Vamos, Boots, vamos!— corearon los alumnos.

Con los materiales de arte en mano, Dora y Boots tomaron un globo aerostático que flotó arriba, arriba, arriba en el cielo . . .

. . . y aterrizó lejos, lejos, muy lejos en la selva tropical, ¡donde Shakira los esperaba!

—¿Pudieron conseguir el material de arte, Dora?— preguntó Shakira.
—¡Claro que sí! ¡Ahora todas las escuelas están listas!

Gracias a Dora, Boots y a todos sus nuevos amigos, todos podían compartir fotos, cuentos, música y bailes de sus fiestas del Día Mundial de la Escuela. Lo más importante es que ¡*todos* estaban listos para un gran año escolar!

Shakira tomó su guitarra. Era hora de la parte más especial del día: ¡Todos cantando juntos!

EE.UU.

Camboya

India

Francia

Etiopía

¿Cómo puedes mostrarle al mundo que
te importa?
¡Comparte! ¡Comparte! ¡Comparte!
The tree *comparte* sus ramas con the bird.
The sea *comparte* sus olas con the fish.
The sun *comparte* el cielo con the moon.
You and I *juntos podemos compartir con otros
todo lo que aprendamos.*
¿Cómo puedes mostrarle al mundo que
te importa?
¡Comparte! ¡Comparte! ¡Comparte!

—¡Lo hicimos!— gritó Dora.
—*We did it!*— agregó Shakira. —Juntos, los
amigos siempre pueden hacer la diferencia.

Hello, friends!

Me emociona mucho compartir este libro con ustedes. Al igual que Dora, siempre me ha encantado explorar y una de las mejores maneras que conozco de explorar es leyendo. Los libros pueden llevarte a cualquier lugar, desde mi ciudad natal de Barranquilla, Colombia al Polo Norte, hasta tierras que existen solo en tu imaginación. Los libros te abren nuevos mundos, sin importar donde vivas.

Los niños como tú aprenden en todo tipo de escuelas, en toda clase de lugares: En tiendas, en rascacielos, en banquetas, en casa ¡o hasta por radio! Hay escuelas flotantes en lugares como Camboya y Vietnam, escuelas en camiones en la India y clases donde se reúnen debajo de los árboles en Etiopía. Pero no importa cómo luzca un salón de clases, lo importante es lo que las escuelas pueden hacer. Aprender es lo que te ayuda a descubrir tus talentos y hacer tus sueños realidad.

Desafortunadamente, no todos los niños tienen la suerte de ir a la escuela, pero estamos ayudando a cambiar eso con este libro. Este libro está ayudando a construir escuelas y a apoyar la educación infantil en todo el mundo. Así que sigan leyendo, sigan explorando y sigan soñando.

Con amor,
Shakira

Una nota sobre *The Barefoot Foundation*:

The Barefoot Foundation es una organización estadounidense no gubernamental y sin fines de lucro fundada por la internacionalmente famosa cantante y filántropa Shakira. *The Barefoot Foundation* se dedica a asegurar que todos los niños y niñas puedan ejercer su derecho básico a la educación de calidad. A la fecha, *the Barefoot Foundation* y su filial colombiana Fundación Pies Descalzos han abierto seis escuelas que proporcionan educación de alta calidad, comidas, proyectos para generar ingresos y orientación para más de 6,000 niños y sus familias. Actualmente, la fundación construye su nueva escuela en Haití. Pies Descalzos—o *Barefoot*—tiene un doble significado: es el nombre del disco que hizo internacionalmente famosa la música de Shakira y representa a los miles de niños que viven en una pobreza tal que ni siquiera pueden comprar zapatos. Para saber más y conocer a algunos de los alumnos de la Fundación, visite **barefootfoundation.com**.

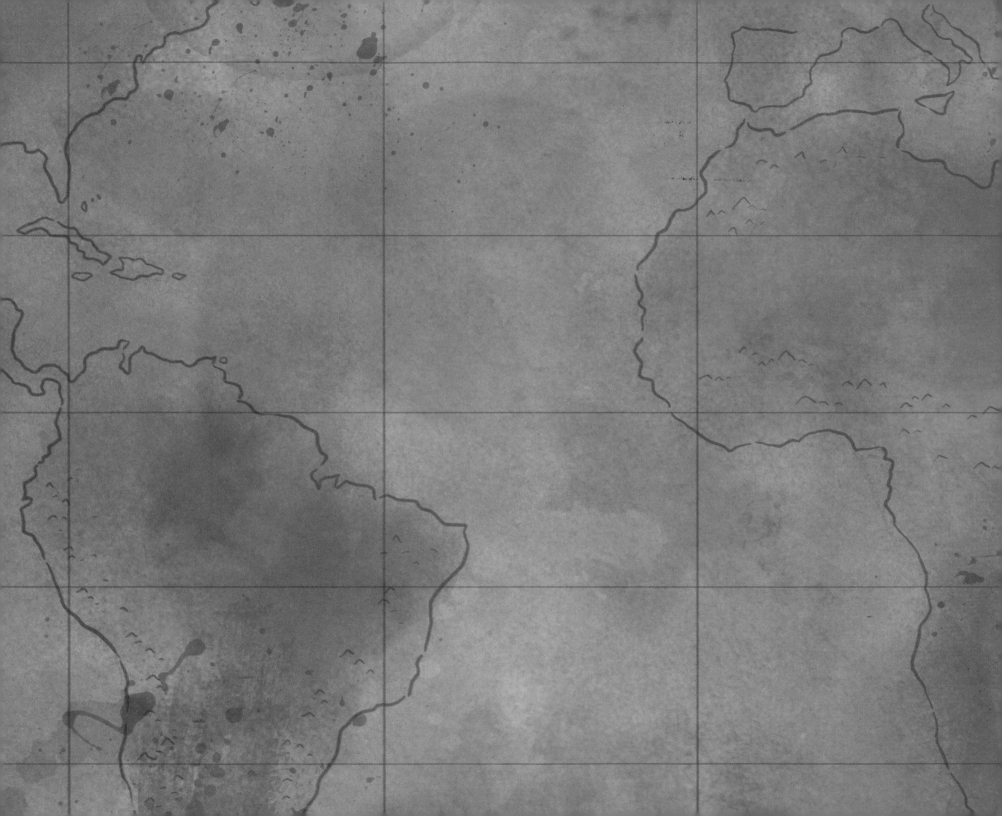